KB238569

아무도 날 좋아하지 않아

지은이 조은수   편집 윤소라   디자인 이순영

펴낸곳 ㈜도서출판 한울림
펴낸이 곽미순
출판등록 2008년 2월 13일(제2021-000316호)
주소 서울특별시 마포구 희우정로16길 21
대표전화 02-2635-1400   팩스 02-2635-1415
블로그 blog.naver.com/hanulimkids
인스타그램 www.instagram.com/hanulimkids

첫판 1쇄 펴낸날   2026년 3월 24일
ISBN 979-11-91973-24-2   43810

＊한울림스페셜은 ㈜도서출판 한울림의 장애 관련 도서 브랜드입니다.
＊잘못된 책은 바꾸어 드립니다.

아무도 날

좋아하지 않아

조은수 지음

한울림스페셜

노래가 끝났다. 죽음 같은 침묵이 흐른다. 안경 쓴 심사위원이 마이크를 켠다.

제 동생은 청각 장애가 있어요.

그런데 저더러 자꾸 노래를 해 달래요.

넌 듣지도 못하잖아, 내가 말하면 아니야 다 들려, 라고 하죠.

자기를 미워하는지 좋아하는지 내가 말을 안 해도 다 들린대요.

그리고 내가 노래를 못하는지 잘하는지 다 들린대요.

제가 노래를 잘하면 마루가 과아앙 울린대요.

정말 웃기죠?

……

쌔근쌔근

1

심머게인

장애인은 아무도 흠모하지 않는다.

cafe
녹천역
학교
SOUNDS LOUD

식은땀에 흠뻑 젖어서 깼다.

무서운 꿈도 아닌데 식은땀을

흘리다니…. 너무 현실적이어서였

을까…. 내게는 현실이 식은땀이다.

왜냐면… 난 이 세상에 외따로 떨어

진 외계인이니까.

엄마는 우리는 모두 다른 모습 어쩌

고 하면서 나를 안심시키려고 하지만,

거짓말이다.

alents.
d on Gitta
rating study
ho was first ac
ect, and later pla
r Armaments. tren
David Edga Roge
subtle as g an
an adapter i erfec
ve us Nichola who
directed ne no
he panora ic hell aiser, a
telling de ail minster e
n. Despite cra
ce delivers han
metimes ped behin
mes spectac bling behin
ncisive or illu- Alex Jennin

오늘도 하루 종일 장애인을 한 사람도 만나지 못했다.
버스에도 길에도 학교에도 카페에도 단 한 명도 없었다.
어떻게 이럴 수가 있지? 모두 감옥에라도 간 걸까?

우리나라에 장애인 인구가 5퍼센트가 넘는데

여섯 집마다 한 집은

장애인이 살고 있다는데….

내가 좋아하는 오디션 프로를 보면서 생각했다. 어떻게 심사위원 중에 장애인이 한 사람도 없지? 어떻게 오디션을 보는 가수 중에 장애인이 한 사람도 없지? 이게 말이 돼?

이러한 움직임은
해부학에 대한
나뉘는 경계선 사이에
우리 모두가 공유
인권, 평등, 정체성
각자 본인 이야기
소외되거나 보잘것없는
경계선 언저리에서 사유하
과잉
왜 푸른 걸까요?
Ausencia de sustancias peligrosas
Algodón 100 % orgánico
Tintes naturales
Free of harmful substances
100 % organic cotton
Dyed with eco-friendly methods
MADE IN SPAIN
potomac eco
Erde Blau
Meer manchmal w
re in der Tiefsee leb
das Meer unser Klim
ras wie ein Wald un
Fische hin?
n Meer und ist
le im offenen
d und Stü
Erde im Watt?
APPELÉ AUSSI « TARDIGRA
MICRO-ANIMAL ET L'UN DES RÉSISTANTS
DU MONDE... ET DE L'UNIVERS. QUAND IL EST
GRAND, IL MESURE ENVIRON UN DEMI
IL PEUT SURVIVRE SANS, ET ON DIT MÊME
QU'IL POURRAIT SU VOYAGES
INTERSTELLAIRES !

“쯔쯔… 집에 있지 뭐하러 나왔어…”

지하철에서 만난 할아버지가 걱정인지 비난인지 혼잣말인지 들으라고 하는 말인지 모를 말을 한다. 사람들의 눈길이 나에게로 쏠린다. 모두 모른 척하지만 느낄 수 있다.

오늘 장애인을 한 사람도 못 본 까닭을 알겠다. 저 할아버지가 다 치운 거다. 눈총과 비난으로 막말로 거리로 나올 장애인을 모두 싹 치워 버렸다.

내 두 다리는 휠체어를 타야 하고 왼팔은 제멋대로
덜렁덜렁 흔들린다. 남의 팔이 잘못 붙어 있는 듯 전혀
내 팔 같지 않은 팔. 나에게도 내 말을 잘 들어주는 왼
팔이 있다면….
생각은 여기까지.
드디어 목적지 도착이다.

This
ons ut also in her use
nces clude her use of
ium in the United
and glass or te
by the agility), as well
aspects of craf and decora
at were largel cluded fro
n hopes that her work will n
ically or unilate y; inste
ce where a new story e
ver.
14

미용실 직원 얼굴이 일그러진다. 언짢은 표정이다. 난감한 표정인가? 계단 때문에 못 들어올 거라고 한다. 난 괜찮다고 힘껏 웃는다. 그리고 존버한다. 결국 서너 사람이 나와 휠체어를 들어 올린다. 끙끙⋯. 오늘의 힘듦을 기억한다면 다음엔 경사로를 만들겠지.

최대한 비싼 머리 스타일을 고른다. 희한하고 독특하고 이상한 스타일로. 나 같은 장애인도 비싼 머리를 할 수 있다는 걸 보여 줘야 한다. 그래야 나 같은 장애인을 받아도 수지타산이 맞는다고 기억할 테니. 미용실 직원이 정말 괜찮겠냐고 묻는다.

너무 눈에 띄지 않을까요?

전혀 네버. 오히려 바라는 바다. 내 휠체어로 가는 시선을 단 5초 만이라도 내 이상한 머리 모양에 잡아 둘 수 있다면 이상할최대로 이상할지어다.

내 나이 열일곱. 고등학교 1학년생이다.

월요일부터 금요일까지 나는 학교에 간다.

아무 말도 하지 않고 앞만 보고 앉아 있어야 하는 곳.

아이들은 나를 가시털 난 고슴도치 취급을 한다. 누구도 선뜻 가까이 오지 않는다. 내가 그림 형제의 동화에 나오는 고슴도치 한스라도 된다는 듯이. 아니다. 고슴도치 한스는 결국 장사로 성공하고 외국 공주와 결혼도 하고 밤이면 고슴도치 가시 피부를 허물처럼 벗어 버리니까.

이 동화에서 가장 중요한 장면은 그게 아니다. 바로 자신을 거부한 공주를 가시로 찔러서 피범벅을 만드는, 그게 내 최애 장면이다. 내게도 그런 복수의 시간이 주어진다면 나는 누구를 피범벅으로 만들까? 오늘은 이 생각으로 학교에서 하루를 버틴다.

접근금지!

내게도 단짝 친구가 있다면. 나를 화장실로 데려가
는 의전 행사를 집행하는 장애인 당번 봉사자 말고,
쉬는 시간이면 조르르 달려와 화장실에 같이 가자고
조르는 친구가 나에게도 있다면. 오줌이 마려운 만큼
내가 마려운 친구가 나에게도 있다면….

peakin

내가 매일을 버티는 건 어쩌면 엄마 아빠 때문인지도 모른다. 우리 엄마 아빠는 나 때문에 코가 다 뭉개졌다.

나 때문에 자존심이 다 뭉개졌다는 뜻이다.

콧대를 세울 일이 없으니까. 나 때문에. 나 때문에 다음 생애에서 할 사과까지 다 해 버렸다. 살면서 가장 많이 한 말이 죄송합니다,인 부부를 아는가?

그게 바로 우리 엄마 아빠다.

두 분은 코가 다 뭉개졌다.

휠체어는 그냥 문전박대의 아이콘이다.

어딜 가도, 아무도 휠체어를 반기지 않는다.

제발 나에게로, 우리에게로 오지 마,

그런 표정들의 홍수를 만난다.

제발 타지 마, 제발 오지 마, 제발 나와 눈 맞추지 마,

그런 표정들의 절벽을 만난다.

마음이 쿵 하고 내려앉는다.

난 내 휠체어가 좀 촌스럽게 생겨서 그럴지도 모른다고 어그로 생각했다. 그래서 사람들이 자동차를 튜닝하듯이 내 휠체어도 튜닝하기로 했다.

생각보다 쉽지 않았다. 우선, 원판 불변의 법칙.

우리나라에서 제작되는 전동 휠체어는 그야말로 촌스럽고 둔하게 생겼다. 장애인에게는 휠체어가 몸인데 실루엣인데 이렇게 투박하게 만들다니…. 내 휠체어를 최고로 힙하게 보이고 싶다. 그러려면 고가의 수입품이 필요하다. 좌절이다.

일단 그림부터 그려 놓기로 하자. 누구 말대로 우주
의 기운이 언젠가 도와줄지도 모르니….

최대한 휠체어처럼 안 보이기.
친구랑 같이 탈 수 있게
앞좌석 + 바퀴 탈부착 가능하게.
둘이 타면 모두들 바라볼 거다.
부러워서.

가끔은 상상을 한다.

하이, 여러분.

내가 유명 가수가 되어

아이들에게 폼 나게 인사하는

상상을 한다.

하이, 여러분.

멋진 권투선수가 되는 꿈을 꾼다.

멋진 화가가 되는 꿈을 꾼다.

멋진 배우가 되는 꿈을 꾼다.

멋진 가수가 되는 꿈을 꾼다.

멋진 변호사가 되는 꿈을 꾼다.

멋진…… 꾼다.

계속…… 꾼다.

어차피 난

아무것도 될 수 없을 테니까.

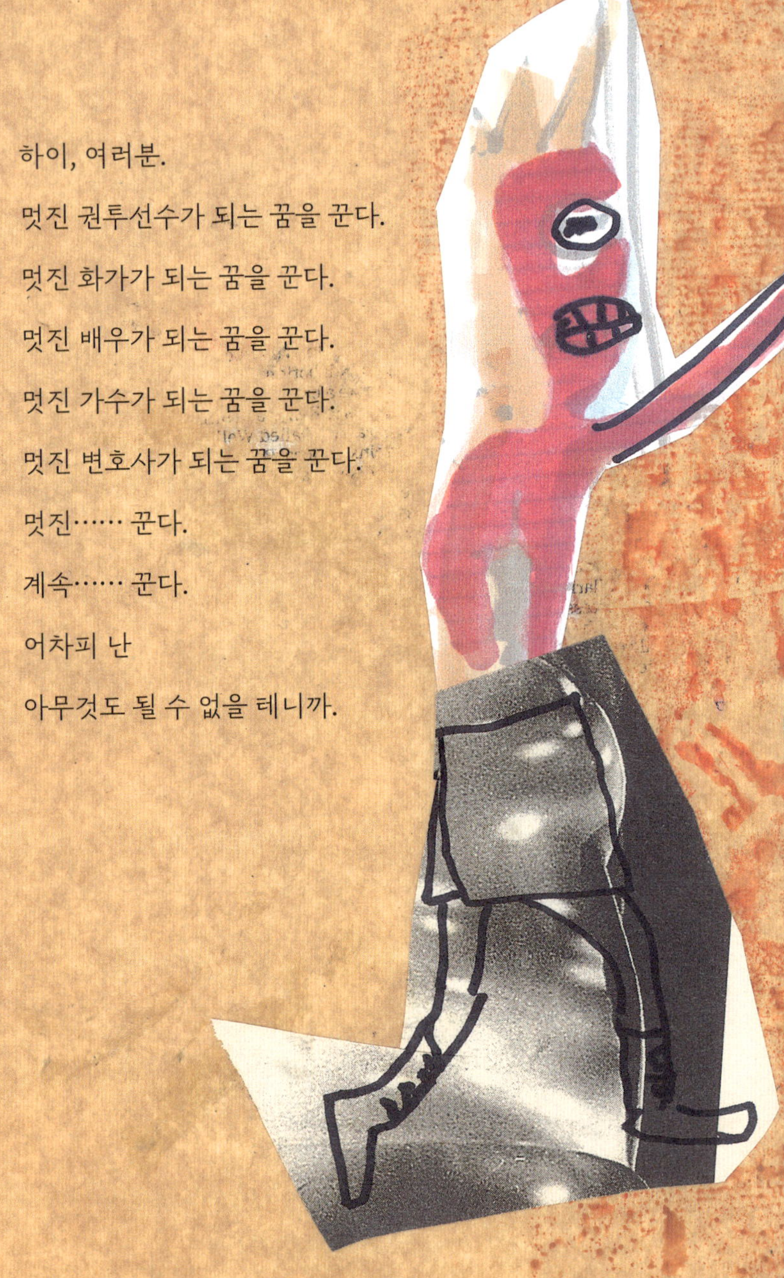

..ius, Goldwyn... script
Goldwyn; ...
..., ... Du...
h. Viggo... the... ... i...
...Jewish holiday re...
Catskills, two hou...
..ée de.. from New York City, where
Auden the lower-middle-class TV
Masters repa.. man Marty Kantro-
ple ge... wit.. (Liev Schreiber) brings
nine.. has ..i-year-old wife Pearl
..making (Diane ..ane.., their 14-year-
round.. old daughter Alison (Anna
..outh- Pa..in) and seven-year-old
..ore on son Daniel (Bobby Boriello)
..inges and his mother Lilian
..him. (Tovah Feldshuh) to spend
..true the summer. They li..
..same shab..
..ears pas..
..wer rou...
..arts... ...ratio.
..7..V ...annie..u be stan..
.. on the so.. ..ed '..,
..cuit', ..for ..ne-tell..
..Li.. ..sion.. ..vised sw..
..an's in ..the.. lake..
...pt..ch ..ents..ov..
...annie .s.. 'the ice..
the man is on the premi..
..cto- blouse man is
..ony premises' 'the kn..
with their own..
form the way yo..
They feature in..
and problematic
monitored, cor...
improved. While..
rate description
child-rearing, as..
row and blinker..
close to describin..
or, I suspect, to..
looked after chi...
included.
The documen..
term 'parent' is
first it lo.. ..ke..
But repla..
..ily- manage..
..cious treats
..man- empl..
..ed, it state..
..ership ent..
..the the..

..ed in mid-Augu..
..rm at Woodst..
miles away.
There is something dis-
turbing in the air and it gets
to Pearl, a good-lookin..
woman forced into marri..
at 17 to a humorous, ..
mantic, ...working..
band thu..
pregna..
with he..
first pe..
trated ..

3월의 어느 주말. 투박한 문전박대의 아이콘을 끌고 미술관에 갔다. 오늘은 어떤 형태의 문전박대를 당하려나….

오, 아니다. 시립미술관에 경사로가 있다. 아싸, 우리나라가 선진국이 맞긴 맞나 보다. 기이잉 손쉽게 경사로를 타고 올라가 하얗고 널따란 로비로 들어섰다.

괜찮다. 기분이.

오늘 전시는 영국 작가의 〈행복의 공식〉이다.

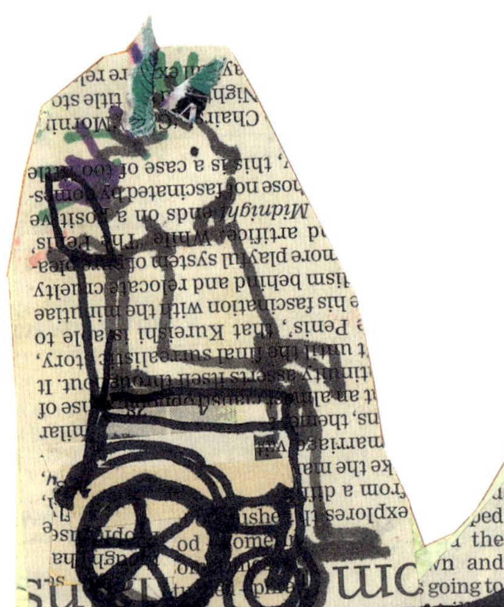

e of the play, a vari- / All about *Eve* in ... ... outstripped by her worshipping ...ties has intertwined of painful jealousy generations with an ...ion of literary theft. ...g author bases her ...el on confidences ...

generation of writers super-sedes an earlier not by being flatteringly similar but by being woundingly different. This wouldn't matter so much if it was possible to believe that these characters were likely to have written something rather than have expended their efforts on projecting themselves as writers. There's some embarrassing ... dropping — 'Ed' Doc-

stoc... any of ... Why, in what the programme tells us is the mid-Nineties, is Helen Mirren using an antiquated typewriter. Is it because she's a spinster, and so unable to cope with con-temporary life? Is it because she's projecting herself as a Bloomsbury? Most people will be too cross to care.

into his ... the sits say ties imm Mil the

he new Docklands univer...

have far greater ... the area as a ... its long-term ... than either of ...ofile projects ...y of East Lon... Docklands can ...argest civic pr... redevelopment ... ...on. It is also the ...university ... ...n for 50 years. opposite London's ...port on the north what was the Royal ...ock, Edward Culli-

...ing department, the art and design school and the ...studies and innova-tion department form a ...like the 'cliff' of a building ...run parallel to the ...bridge. In a landscape ...as this — the nearby ...slope is known as the ...th Alp — ...dra... ...touch... ...from across the water as planes take off and land, the cam-pus, with its dazzling wave-like aluminium roofs, must be quite a sight.

The paired docks share stairs.

...is a square, sur- / The best bit, however, is

UEL ... just as high ... design as it does ... cient use of space. Just the Dome a few miles away on the Greenwich peninsula, the site was seriously pol-

아니다, 행복의 공식은 저런 게 아니다. 저렇게 복잡
하지 않다. 행복의 공식은 간단하다. 친구. 그게 행복
의 공식이다.

행복의 공식

난 너어어어어어어어무 오오오오오오래애애애앳도오 오오옹안 혼자 있어 봐서 안다. 친구, 그게 행복의 공식이다. 그렇게 행복의 공식은 간단하다.

“별로 마음에 들지 않나 봐요?”

누구야? 지금 내게 말을 건 거야?

감히 나에게?

혹시 내가 괴성을 지르면 어떡하려고?

내가 평생 들러붙으면 어떡하려고?

감히 장애인인 나에게 겁도 없이 말을 건 거야?

쳐다보니 웬 아줌마다. 아니 언닌가?

아무튼 "저한테 물었어요?" 되물었다.

"뭔가 할 말이 있는 듯해서. 저 공식이 마음에 들지 않아요?"

그 언니는 다짜고짜 물었다. 독심술이라도 하나?

"저렇게 복잡할 필요는 없죠, 제 생각에는."

그 언니가 씩 웃더니 동감이라고 했다. 자기가 생각하는 행복의 공식은 음악+음식+향기란다. 뭐야, 넘 평범하잖아. 내가 약간 찌푸렸나 보다. 그랬더니 자기가 그 행복의 공식을 증명해 보일 기회를 달란다.

오늘 하늘이 두 쪽이 나려나? 내게 말을 거는 걸로도 모자라 나를 꼬셔서 어딘가로 데려가려고 하다니…. 이래서 살다 보면 별일이 다 있다고 하나 보다. 어쩌면 내 힙한 머리 모양이 어필했는지도 모른다.

무지개 색 레게머리 적시타다.

언니가 나를 데려간 곳은 조그만 음식점이었다. 작지만 입구에 경사로, 창문, 장애인용 화장실이 있고 무엇보다 향기가 좋았다. 음…. 향기가 기분을 좌우하다니. 오늘 처음 알았다.

"무슨 음악 좋아해?"

언니가 물었다.

"넬, 오아시스, 라디오 헤드."

"오, 그런 취향이군. 요즘 핫한 〈싱어게인〉도 보나?"

내가 고개를 끄덕였다.

"그런데 마음에 안 드는 게 있지. 죄다 머글만 나오잖아."

"머…글…이오?"

갑자기 해리 포터?

"비장애인 말야. 난 그렇게 불러."

오, 쫌 멋진데. 그래 나 같은 장애인은 마법사(지금은 거꾸로 마법에 걸린 형편이지만…)고, 비장애인은 머글이지. 왜 진작 그런 생각을 못 했을까?

"너처럼 휠체어를 탄 아이가 기타를 치며 노래하거나 시각장애인이 심사위원일 수도 있잖아. 그럼 지금보다 소리의 스펙트럼이 훨씬 넓어질 거 아냐? 지금은 머글들만 우글우글. 말하자면 울트라 사운드가 없이 걍 사운드만 있는 거지."

오, 내 꿈에 이 언니가 나왔었나? 이 언니 비유력 어쩔? 그날 나에겐 친구가 생겼다.

the
also very
I've been
unsurprise
a leading m
movies for three decades
more remarkable by th
still only 22. I'm especi
been involved in
movies in film histo
major post-mode
tion. S
the first
the first Hin
UK Top 10
seen all tho

사실 난 끊임없이 죽는 생각을 한다. 하지만 당분간 살아 볼 생각이다. 오늘 행복의 공식을 알았으니까. 어차피 죽는 건 언제든지 결정만 하면 되니까 당분간 친구를 겪어 볼 생각이다. 이 행복의 공식을 세월이 다하도록 풀어 볼 생각이다.

나도 친구와 오래 사귈 수 있다면…. 싸우고 토라져 한동안 연락을 않다가도 다시 만나는 친구가 생긴다면, 그렇게 오랜 역사가 켜켜이 쌓여서, 야 너 아직도 그렇게 꽁하고 촌스럽게 굴기냐, 라고 쿡쿡 찔러 댈 수 있는 친구만 있다면….

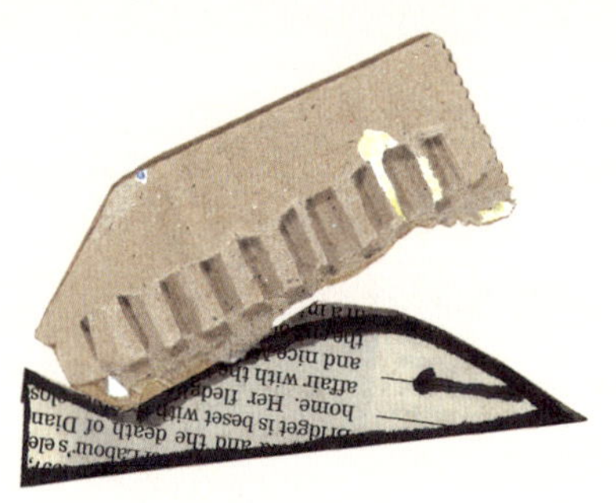

처음 생긴 친구, 언니가 말한다.

"콜라주를 하다 보면 알게 돼. 버릴 조각은 없어. 어떻게 뜯어졌든 오려졌든 쭉 찢어졌든 다 자기 자리에 놓이기만 하면 훌륭하게 빛을 발해. 그게 콜라주의 매력이지. 오히려 공을 다해 완벽하게 오려 낸 모양은 콜라주에서 왕따야. 그 완벽한 모양을 붙이는 순간 왠지 철퍼덕 평범해지거든. 반면에 버려져도 아무렇지도 않을 것 같은 조각 찌끄러기를 탁 붙이는 순간 전체 모양이 확 살아난다니까."

콜라주 세상에 버릴 조각은 없다. 사람도 마찬가지 아닐까? 언니랑 만나서 미술 놀이를 하고 나면 늘 기운이 솟는다.

　언니는 자기를 생계형 화가라고 했다. 그래서 동네 아이들을 모아 미술 놀이를 하면서 조금씩 돈을 받는단다. 하지만 나랑은 친구 사이니 돈 같은 건 받지 않겠다고 했다. 대신 나를 달라고 했다. 나의 마법을, 나만의 생각을, 나만의 찌끄러기를. 그게 아티스트인 자기에게는 돈보다 더 귀한 영감이 될 수 있노라고.

뻥인지 아닌지는 지내 보면 알겠지.

어쨌든 나에겐 당분간 살아 볼 이유가 생겼다. 이 언니와 미술 놀이를 하면서 내 안의 갈망들을 내보낼 생각이다. 콜라주로, 회화로, 드로잉으로, 판화로.

언니가 말한다. 언젠가는 내 책을 만들어 보자고. 아무튼 이 언니 꼬시기 선수다. 나에게 나에 관한 책을 만들자고 꼬시다니.

오늘은 언니랑 같이 영화를 봤다. 〈모리타니안〉. 증거도 없이 테러범으로 몰려 관타나모 수용소에 16년이나 갇혀 있던 아랍 청년 이야기다. 그 청년은 결국 재판이 아니라 책으로 그 수용소에서 나온다. 자기 이야기를 기깔나게 써서 모두를 설득하고 감동시킨 것이다.

"아티스트란 저런 거야. 어떤 환경에서든 재능을 무시무시하게 발휘하는 거지. 그게 설혹 지구상에서 가장 잔혹한 감옥 안일지라도."

이 언니 입을 벌릴 때마다 나를 좀 두근거리게 한다.

더 나은 선택입니다!
We think it's right to be
We think it's right to be fair.
air to our suppliers and farmers.
fair to our suppliers and to work for fairtrade
he people who support fairtrade
hat's why we support Fairtrade
Sourced Cotton. By purchasing
this product, you contribute to
Fairtrade's efforts to empower
farmers. These farmers
and the
pathos of this
ex role. He and Vivian
a no-nonsense Ellen
often seemed on dif-
clearly, some-
was troubling them.
Bechtler's set
like a crater of the
ough some may find
es of Aldeburgh
matter. Britten'
played by the
worked its
No, I
French p
private
but, eve
health se
as much
the NH
beleague
Infirmar
ologist,
look a
patients
2,500 in-
for first
waiting
it could e
for a pati
hich
triple b
saults
ing 20th
on 27 Nov, and at the
28 Nov
ury
1970-1979
동지에 나타난다. 신체 탐구에 있어 비위계적인
파편화된 것으로 포착함과 더불어 생리혈, 땀, 늘
배설물까지 기억이 더듬어서 에브제트 아트
초기의
중심을
이르

이제 머글들이여, 안녕이다.

늘 머글들에게 비굴하게 웃고 잘 보이려고 애쓰며 문전박대의 아이콘 휠체어를 힙하게 꾸미려고 기를 쓰던 날들은 갔다.

뭣 같은 날들이여 안녕!

난 마법에 걸린 환경에서 내 재능을 무시무시하게 발휘해 볼 생각이다. 내 재능이 뭐냐고? 그건 알아서 뭐하게? 차차 알게 될 텐데. 낭중지추라고 했으니 내 재능은 결국 호주머니를 찢고 밖으로 나오겠지. 그날까지 난 정진, 바퀴를 구르며 살아 볼 거다.

2

버릴 조각은 없다

사랑은 일종의 낭비다.
이 쓸데기 없는 무가치한 인류를 위해
전 우주를 창조하다니.

친구가 생기고 나니 세상이 다 귀엽다. 가방을 흔들고
걷는 아이, 배달하는 소년, 후진하는 집배원의 소형 자
동차, 세탁물을 높이 들고 가는 아저씨, 낡은 유모차를
보행기 삼아 힘들게 한 발짝씩 내딛는 꼬부랑 할머니….
암튼 아무렇지도 않던 것들이 다 귀엽고 난리다.
혹시 거듭난다는 게 이런 느낌일까?

"넌 코는 멀쩡하잖아."

어느 날 언니가 말했다.

"코?"

"그 흔한 비염도 없고 주둥이도 일품이지."

"이거 언어 치료 10년치가 응축된 화려한 결과물이에요."

"와, 로또네. 겨우 10년 만에 그런 현란한 혀 기술을 습득했다고? 진짜 로또네."

이건 또 무슨 귀신 씻나락 까먹는 소린가. 이 언니도 '장애인이여, 물잔에 없는 물을 보지 말고 반이나 남은 물을 보아라' 식의 뻔한 위로 문장 장착인가? 정말 실망이야, 생각하려는데….

"내 동생은 17년 언어 치료를 받고 겨우 하는 말이 '이거 시러요' '이거 조아다' 이 두 마디거든. 언어 치료 선생님이 존댓말을 가르치려고 자그마치 10여 년을 애

쓰셨어. ‘싫어!’에 ‘요’를 붙이려고. 그나마 ‘좋아’에는 ‘요’를 붙이는 데 실패했어. 그냥 ‘다’를 붙이는 걸로 치료 끝. 결국 단 두 마디라도 내 동생만의 말투가 있는 거야. 인정.”

헉, 언니의 가족 얘긴 처음이다…. 그랬군…. 그럼 그렇지. 그냥 머글이 내게 자발적으로 말을 붙일 리가 없지. 한번 가족 얘기가 시작되자, 봇물이 터지듯 술술 이야기가 쏟아져 나왔다. 그야말로 점입가경으로.

“게다가 네 부모님은 널 시설에 가두지도 않았잖아.”

시설이라고? 난 시설 같은 곳에 가야 한다거나 갈 거라거나 보내질 수도 있다고는 꿈에서도 단 한 번도 생각해 본 적이 없는데.

이 언니, 뭐지?

그냥 봐서는 진짜 교양 있는 머글인데.

이 언니 가족은 어쩌다 동생을 시설에 보낸 거지….

"사람은 에너지야.

넌 네 얼굴이나 휠체어, 휘청휘청 가느다란 다리 그런 거만 생각하지. 그런데 사실 우리 모든 인간은 원자로 되어 있어. 원자는 원자핵과 그 주위를 휙휙 번갯불처럼 빠르게 도는 전자로 이루어져 있고….”

이 언니 진짜 뭐지. 오늘은 물리 강의인가.

"그런 전자들의 집합체인 사람은 너무 당연하게 팔당 댐처럼 송전탑처럼 에너지를 뿜뿜 내뿜어. 내 동생 에너지는 그중에서도 최고급이야.”

"사실 난 중딩 때 왕따였어. 원래는 강릉에 살았는데 아버지가 서울특별시 강남구청으로 발령이 났거든. 그 바람에 식구들 모두 좋다고 강남으로 이사를 왔지. 강릉 촌년이 강남 대치동에 입성! 그게 화근이었어. 난 완전 밥이 되었으니까. 날마다 학교에서 아무도 말 붙여 주지 않는 촌년 왕따로 곤죽이 되어 집에 갔지.

그러면 내 손이 초인종에 닿기 무섭게 와다다다 달려오는 발소리. 내 동생이야. 내 동생은 날마다 곤죽이 된 나를 와락 껴안아 주었어. 한 번도 빠짐없이.

rivers of
the stairs and
York streets. In
encrusted room a
sion flickers under
sheets. In the fridge
solitary egg. 'Who
life is devoid of possibili-
?' And who, after this
maculate production by
Bradwell, could say that
re is?
sity

내 동생은 걸을 때도 춤추듯이 걸어. 온몸을 최대한 움직여서. 난 그 애가 걷는 걸 보면서 뒤에서 걸어가는 산책을 좋아해. 왜냐하면 그 애가 온몸을 다해 걷는 걸 보면 세상이 달라 보이거든. 이 세상은 아름다운 곳이다, 그런 느낌. 그런 최고급 에너지를 가진 내 동생이 할 줄 아는 말은 단 두 마디야. 이거 시러요. 이거 조아다. 내 동생이 커 가면서 우리 엄마 에너지는 바닥이 났지. 2년 전에는 엄마 허리가 나갔어. 공무원인 아빠는 동생을 없는 자식 취급했고. 난 그때 돈만 많이 들고 앞으로도 돈을 잘 번다는 보장이 1도 없는 미술 전공 대학생 4학년.

엄마랑 아빠는 동생을 시설에 보냈어. 경치도 좋고 복지도 잘된 최고의 시설이라나….

그리고 동생은 설사를 시작했어.

내 동생 에너지가 얼마나 좋으냐 하면, 똥을 기가 막

히게 싸. 늘 변기 물에 동동 뜨는 황금색 바나나 똥을 싸고는 내 손을 잡아끌고 데려가서 보여 줬지. 아주 흐 뭇하게. 자기 예술품을 보여 주듯이. 물론 사춘기 이후 부턴 보여 주지 말라고 단호하게 야단을 쳤지만 동생 은 화장실에서 나올 때마다 완전 뿌듯한 표정이었어. 그런 동생이 시설에 가자마자 시도 때도 없이 설사를 지리기 시작한 거야. 시설에선 기저귀를 채웠지. 덕분 에 내 동생 문장이 진화했어.

'이기저 싫어요.'

처음엔 못 알아들었어. '이거 시러요' '이거 조아다' 밖에 못 하는 동생인데 '이기저'는 뭐지? 한참 뒤에야 알았지. 다 큰 동생한테 기저귀를 채웠다는 걸. 그걸 알자마자 결심했어. 무슨 수를 써서든 동생을 시설에 서 데리고 나오자.

그 결심을 한 날 미술관에서 너를 본 거야. 나도 모르게 말을 붙였지. 내 동생이 너처럼 미술관에 와서 그림을 보고 한참 동안 수다를 떨 수 있다면 얼마나 좋을까 생각하면서.

내 동생도 너처럼 코는 멀쩡해. 아니, 인공지능급 냄새 채집기야. 안 좋은 냄새가 나면 엄청 짜증을 부리고 산만해지다가 숲속 나무 같은 좋은 냄새가 나면 엄청 차분해지면서 기분 좋아하거든. 그래서 향기에 관심을 갖게 됐어. 내 동생을 차분하고 기분 좋게 만드는 향기를 찾아 헤맸지.”

그리고 언니는 이런 멋진 말을 해 주었다.

“네 외모를 멋지게 보이려 하지 말고 네 에너지에 집중해. 그게 더 네 본질에 가까우니까.”

"오늘이 디데이야."

언니는 오늘 비장해 보이기까지 한다. 무슨 디데이? 테러라도 하는감? 이 언니 사실은 테러리스트??? 아, 오늘도 내 상상력이 너무 나갔다.

"얼마 전에 수속을 다 밟았어. 부모님이 내가 최소한 연봉 2천만 원은 벌어야 동생을 시설에서 빼내 오는 데 동의해 준다고 하셨었거든. 내 앞가림도 못하는 주제에 덜컥 동생을 데려오면 어떡하냐구….

고군분투 끝에 드디어 목표 달성! 내가 동생 보호자 자격으로 시설 탈소 동의를 받고 장애인 공동생활가정 신청을 했는데 어제 연락이 왔어. 자리가 났다고. 성북동에 있는 공동생활가정인데, 남자애들만 셋이 산대. 이제 내 동생이 들어가면 네 명. 사회복지사까지 다섯 명. 오늘이 바로 동생을 시설에서 데리고 나오는 날이야."

탈시설 전략은 대략 성공적인 듯하다. 공동생활가정에서 생활한 지 한 달 만에 동생은 설사를 멈췄고, 아침마다 출근하는 곳도 생겼단다. 구청에서 운영하는 친환경 방앗간이다. 서울에도 방앗간이 있냐고? 있다. 근데 쌀을 찧어 가래떡을 뽑아 내는 게 아니라 병뚜껑으로 빨래집게를 만드는 곳이다. 내 머리색처럼 알록달록한 무지개 색 병뚜껑을 색깔별로 모아 성형기에 넣고 찰카닥 누르면 예쁜 빨래집게가 나온다. 언니 동생과 공동생활가정 식구들은 이 작업을 질리지도 않고 날마다 다섯 시간씩 한결같이 열심히 성실하게 아무도 땡땡이치지 않고 한단다. 이직률 0퍼센트. 아무도 빠지지 않고 아무도 그만두지 않는다. 세계 최고의 직장이 분명하다. 아니 최고의 직딩들인가?

문제는 주말과 휴일. 난 안다. 장애인에게 하루는 너무 길고 할 일은 너무나 없다는 걸. 그래서 언니는 한 달에 두 번, 둘째 넷째 일요일마다 공동생활가정 식구들과 미술 놀이를 한다. 인기 최고란다. 자기가 태어나서 이렇게 환대 받은 모임은 처음이라나….

언니는 일부러 미술 놀이 하는 날을 대형마트가 문을 닫는 일요일로 정했다고 했다. 대형마트는 마땅히 갈 곳 없을 때 방문할 수 있는 요충지 가운데 하나라고. 근데 그 마트가 문을 닫는 날이면 공동생활가정 식구들은 더욱 갈 데가 없으니까.

내일은 나도 그 미술 놀이 모임에 초대 받았다.

미장원에 다시 갔다. 이럴수가. 진짜로 경사로가 생겼다. 사람들이 이렇게나 반성을 빨리 할 수가! 이번엔 초록색을 강조하는 레게 스타일로 해 달라고 했다.

김언니가 이 미용실에선 최고다. 영화에 나오는 주인공처럼 초록색이 확 눈에 띄면서도 전체적으로 세련된 머리 모양이 되었다. 기분 최고다! 이제 떨리는 마음으로 미술 놀이에 간다.

와락! 언니의 남동생이 나를 안으려는 순간,

"안 돼!"

언니가 소리쳤다.

만화 속 한 장면처럼 남동생은 순간 정지했다.

"다 큰 여자를, 그것도 모르는 사람을 그렇게 안으면 안 돼!"

남동생은 그래도 웃었다. 그리고 나를 보고 말했다.

"이거 조아다."

그다음엔… 생애 최초로 한 번도 받아 보지 못한 압도적 환대! 공동생활가정에 사는 네 남자들의 언어는 너무 순진하고 유치하고 아름다웠다. 실제 나이는 열다섯에서 마흔. 평균 정신 연령은 딱 일곱 살. 난 일곱 살 남자아이 네 명에게 열광적인 환대를 받고 아주 뽕 갔다. 다음 주엔 야외 미술 놀이다. 야호!

휠체어 군단이 나가신다. 혼자서 굴러갈 땐 문전박

대의 아이콘이었는데 넉 대의 휠체어가 같이 굴러가

니 무적의 군단 같다. 〈범죄와의 전쟁〉 속 건달이 따로

없다.

사람들이 홍해처럼 갈라진다. 비켜 준다. 놀라서 바라본다. 우리가 갑인 느낌. 처음이다. 휠체어를 타고서 이렇게 자신만만해지기는. 이게 다 우정의 시냅스 덕분이다. 그게 뭐냐고? 나더러 코는 멀쩡하지 않냐고 묻던 날 언니가 설명했다.

"네 뇌를 보면 두 다리와 왼쪽 팔의 영역은 불모지일 거야. 거의 시냅스가 연결되지 않은 황량한 들판 같은. 하지만 네 코와 주둥이 영역은 울창한 아마존일걸. 어느 곳의 시냅스보다도 더 빽빽하게 서로 얽히고 설켜 아마존 같은 미로를 구축하고 있겠지."

그 말을 듣고 내가 대답했다.

"불모지는 하나 더 있어요. 관계 영역. 나에겐 친구가 없으니 우정의 시냅스도 제로. 미로 같은 건 하나도 건설되어 있지 않아요. 하지만 이제부턴 달라지겠죠."

오늘 웬 새싹이 하나 나온 느낌. 그 우정의 시냅스가 언니로 인해 빼꼼 작은 풀숲처럼 자라나더니 공동생활가정 미술 놀이 친구들을 만나서는 여름 숲처럼 울창해졌다.

아, 내 뇌의 빈 공간에 별들이 반짝인다. 무수한 연결, 무수한 깜박임.

팅구.

언니의 남동생 어휘가 하나 더 늘었다.

"팅구 조아다."

팅구는 물론 나다. 팅구는 물론 친구다. 남동생도 나도 팅구의 마법을 알아 버렸다. 남동생은 팅구인 내 발소리를 알아듣고 초인종을 누르기도 전에 달려 나온다. 나는 팅구의 온몸을 다 바친 환대를 놀라지 않고 우아하게 받아 준다. 나는 그를 이름 대신 팅구라 부르기로 했다. 팅구야, 나도 팅구 너도 팅구. 우리는 팅구. 팅구만 있으면 세상에 아무것도 겁낼 게 없어. 그치?

한 친구는 미술 놀이 시간에 그림을 그리지 않는다. 대신 글을 쓴다. 그것도 한 구절만 줄기차게.

잠시 세상에 내가 살면서. 잠시 세상에 내가 살면서. 잠시 세상에 내가 살면서….

공책 한가득 쓰인 이 구절을 보면서 심한 안도감을 느꼈다. 그래 잠시 사는 거지. 영원은 아니야. 이 휠체어가 영원히 내 발은 아니라고. 잠시일 뿐이다. 그러니 이 세상을 맘껏 구경해 보자꾸나. 바퀴를 구르면서, 때로는 휠체어 군단과 함께 위풍당당하게, 때로는 거대한 지하철 앞에서 소심하게, 그러나 한결같이 이 세상에 대한 탐구심으로 나아가아 보는 거다.

오늘도 정진 또 정진이다.

잠시 세상에

잠시 세상에

잠시 세상에

잠시 세상에

잠시 세상에

잠시 세상에

내가 살면서

내가 살면서

내가 살면서

내가 살면서

내가 살면서

내가 살면서

3

팅구 와따

뭐든지 너무 다듬으면 파이다.
거친 맛이 사라지면 죽음이다.

"향기는 우리를 멀리 데려가요."

조향사 향그 님이 말했다. 정말일까?

내가 잘할 수 있을지 모르겠다, 하지만 난 코는 멀쩡
하다…. 두서없이 주절주절 자신 없음을 내비치자 조
향사 향그 님이 방긋 웃으면서 물었다.

"어떤 냄새가 좋은데요?"

순간 오렌지 향기가 팍 퍼진 것 같았다.

"금방 깎은 연필 냄새…."

"어머, 신기하네요. 나도 그 냄새가 좋은데. 그 냄새
가 특별히 좋은 이유가 있나요?"

그러게, 왜 좋지? 찬찬히 생각해 보다가 깨달았다.
유레카! 내가 그 냄새를 왜 좋아하냐면….

"어릴 때 아빠가 연필을 쥐고 그림을 그리면 손가락
신경이 발달한다면서 일요일마다 내 옆에 앉아 연필
을 깎아 줬어요. 하나 둘 셋 넷… 열두 자루, 한 다스 전

부를 사각사각 깎았는데 그때 나던 냄새예요. 그렇게 일요일마다 아빠는 내 옆에 앉아 사각사각 연필을 깎고 난 뾰족하게 잘 깎인 연필을 최선을 다해 꽈악 쥐고서 무슨 그림을 그렸던 것 같아요. 그때 그 일요일 오후마다 나던 향기예요. 옆에 앉은 아빠, 나, 일요일 오후, 연필, 가장 좋았던 시간의 냄새요.”

“오, 너무 좋은데요. 아직 금방 깎은 연필 향이 나는 향초는 없어요. 초가 타 들어갈 때마다 금방 깎은 연필 향이 난다면 너무 멋질 것 같아요. 그 초를 켜고 글을 쓴다면 세기의 명작이라도 쓸 수 있지 않을까요?”

확실히, 이 사람의 웃음과 리액션에서는 오렌지 향이 폴폴 난다. 아, 세상에 이런 향기를 가진 사람이 있구나.

“그리고 또 좋은 냄새는요…”

나는 묻지도 않은 질문에 자발적으로 대답하기 시작했다.

"비 오는 날 마른 흙에 떨어지는 비 냄새, 풀과 나무가 비에 젖기 시작하면서 나는 냄새요."

"아, 맞아요. 너무 싱그럽죠!"

당신 미소가 더 싱그러워요.

그 미소 덕분이었을까. 줄줄이 사탕처럼, 비 오는 날 휠체어를 타고 나갔던 기억도 떠올랐다.

그날도 아빠였다.

"휠체어를 탄다고 비 오는 날 산책하지 말라는 법은 없지!"

아빠는 그렇게 말하면서 나에게 우비를 입히고 당신도 우비를 입고 골프장 파라솔만 한 우산을 들고 집 밖으로 나섰다. 한 손으로 내 휠체어를 밀고, 다른 한 손으로 파라솔만 한 우산을 받쳐 든 아빠가 나에게는 어벤저스였다.

무적의 아빠. 그날 어벤저스가 내게 알려 준 비 오는 날의 흙과 풀의 향기. 그걸 만들고 싶었다.

　"거봐요. 제가 그랬죠. 냄새는 우리를 아주 멀리로 데려간다고요."

　맞다. 연필 깎는 냄새와 비 냄새 덕분에 난 까마득히 잊었던 옛날 기억을 되찾았다. 나에게도 행복한 시간이 있었지. 그땐 행복인지 몰랐지만, 그 향기를 떠올리면서 이토록 차분해질 수 있는 건 분명 행복이었다는 거다.

"그럼 이제부터 그 냄새를 다시 창조하는 연금술사가 되는 겁니다. 무엇을 얼마만큼씩 어떤 비율로 섞어야 딱 그 냄새가 나는지 찾아내는 게 찰퐁 님의 미션입니다!"

조향사 모임에서 내 이름은 찰퐁이. 내가 어릴 때 읽었던 되바라진 여자아이(난 이 아이가 나만큼 되바라져서 좋았다) 롤라가 나오는 그림책에서 롤라가 상상의 친구라고 부른 이름이 바로 소찰퐁이다. 난 어딘가쯤 웃기는 샴푸 냄새가 나는 그 이름을 내 닉네임으로 정했다.

찰퐁 님, 하고 향그 님이 부를 때마다 우리한테서는 웃기는 샴푸 냄새와 싱그러운 오렌지 향이 폴폴 피어난다.

인디 향수 제조업체 향폴 스튜디오에 출근한 지 석 달째 되던 날, 갓비연필이라는 이름의 향수를 만들어 냈다. 갓 깎은 연필 내음에 비 오는 날 흙과 풀 내음을 더했더니 새벽녘 숲속의 공기가 느껴졌다.

"와, 이거 냄새 조으다!"

오이 님이 소리쳤다. 내가 만든 갓비연필 향을 맡고서.

날마다 보던 사람이긴 하다. 별로 말이 없고, 아니 말이 없다기보다 말하기를 힘들어하는 친구다. 오이 냄새를 좋아해서 오이 님으로 불린다.

찰퐁님, 넘 조으다.
빙고!

"이, 이, 이거 내, 내, 내가 차차찾던 햐햐햐향이에요."

"그럼 살래요?"

내가 슬쩍 던졌다.

"어어얼마예요?"

주저 없이 받는다. 맘에 든다.

"돈으로는 살 수 없는데…."

내가 다시 슬쩍 던진다.

"그, 그, 그럼 우, 우정으로?"

"빙고!"

그렇게 우리는 친구가 됐다. 오이 님도 나를 눈여겨봐 왔으나 말을 편히 못 하는 자기 사정 때문에 다가오지 못했단다. 하지만 친해지고 나자 말이 술술 나왔다.

"어, 오이 님 말 완전 잘하는데요?"

"이제 찰퐁 님 앞에선 긴장 안 하니까요."

"긴장만 안 하면 말하는 게 안 힘들어요?"

"네."

"그럼 병도 아니네."

"그러니까 병이죠."

하하하하하, 우리는 마주 보고 실컷 웃었다.

인턴으로 출근한 지 석 달 만에 팅구 한 명을 사귀게 되었다. 어쩐지 오이 님이 찰퐁이의 베프가 될 것 같은 느낌적 느낌.

며칠 후 우리는 새로 만든 향기의 품질을 테스트할 겸 팅구네 공동생활가정을 찾았다.

"팅구, 팅구 와따!"

문을 열기도 전에 안에서 외치는 소리가 들린다. 언니 남동생이 내 발소리를 벌써 알아들었나 보다. 오, 어휘가 또 하나 늘었는데. 와따라니 진짜 와따다!

"오늘은 새 친구를 데려왔어. 이름은 오이. 여기는 나랑 친하게 지내는 언니의 남동생이야. 냄새 맡는 데 귀신이지."

"이거 조아다."

갓비연필을 열자 바로 팅구가 말했다. 합격이다.

오이 님은 불합격. 그래도 괜찮단다. 공동생활가정의 식구들 중 한 명은 좋아라 했으니까. 모두의 좋아요를 받지는 못했지만, 그래도 한 명이 어디냐고 오이 님이 씩 웃었다. 사실 난 오이 님을 신경 쏠 겨를도 없었다. 내 기분은 이미 하늘을 찌르고 있었으니까.

넌 코는 멀쩡하잖아,라는 언니 말이 어떤 계시였을까. 그날부터 난 언니에게 이끌려 미술 놀이를 하게 되고, 팅구를 알게 되고, 팅구의 냄새 신공에 이끌려 향폴 스튜디오까지 오게 된 거다. 그리고 난 여기서 내 일을 찾았다. 내가 평생 휠체어에 앉아서 질리지 않고 해낼 일을.

나에게도 일이 있다. 이제 그 지겨운 학교는 땡이다. 팅구 한 명 없는 학교를 뭐 하러 다닌담.

오늘 나는 행복의 공식에 한 가지를 더한다.

친구 + 일 = 행복.

내 인생엔 불행밖에 없을 거라 생각했는데 내게도 내 몫의 행복이 있었다. 마른땅을 후두둑 적시는 비 냄새 같은 나만의 향기를 찾아가다 보면, 이 공식이 참이라는 걸 증명하는 날이 오지 않을까. 공식은 증명으로 완성되고, 삶은 부딪침으로 채워지는 법이니까.

내 휠체어 바퀴를 탁탁 막아서는 모든 문턱과 계단에 기꺼이 부딪혀 보련다. 또 무슨 신기한 일이 벌어질지 모르는 일이니까.

ook beyond the picture frame, look
ny tabloid any day of the week, and
picture of British family life looks
something out of Hades. As a
tion we have become obsessed with
es about damaged children and
angered childhood.
These stories come and go very fast.
are up in arms about them one day,
then, a few days later, not thinking
out them at all. So it is hard to see
at effect they have on our thinking
the long term. But if you put all the
ries of the past 10 years back to back,
u see our traditional understanding
parenthood being eroded almost
ily by the dreadful tales of deranged
aby snatchers and killer babysitters,
others who leave their children home
lone and go off for a fortnight in
enidorm, and mothers who stay at
me while their boyfriends
ldren to death.
everywher

ing consensus that something must be
done to tell these parents what their
responsibilities are.
If I am objecting to this consensus,
am I saying that parents should be
allowed to do whatever they want, no
matter what effect this has on their
children? That they need not take
responsibility for their mistakes? No, of
course I'm not. I think it is essential for
parents to take responsibility for their
children, and for the way they bring
them up. There may be a limit to what
individual parents can do for their chil-
dren, but (in my view) all parents owe
it to their children to work with what
they have. Even when their lives are
constrain... their choices severely
limi... ...reat deal of
...and their

parents have children for s
sons, and use them as ext
their egos or for their privat
And while many people b
curtailing parents' rights is
state intervention in fami
sary to keep parents from u
power over their children ba
means that parents have le
power to change their child
for the better.
NOWHERE IS THIS more appa
in 'Supporting Families', the
tion document in which th
ment sets out its radical ne
work for family policy. Ma
measures in this document
parenting orders – are con
place right now. As governm
ments go, it could not be mo
endly. In addition to an a
nal childcare strategy a
families in greate

[CR]ⱼ + W₂ + Yₜₕ EV.
j=1

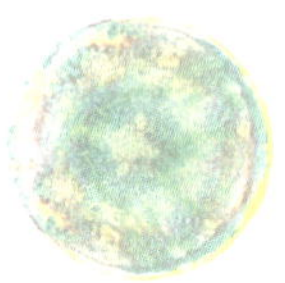

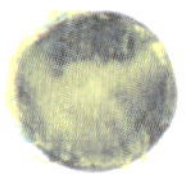